Texte et photos de Julie Paquet
Illustrations de Geneviève Guénette

Cléo Clic Clic
au Vietnam

À ma fille Cléo

la courte échelle

Les éditions de la courte échelle inc.
5243, boul. Saint-Laurent
Montréal (Québec) H2T 1S4

Directrice de collection :
Annie Langlois

Révision :
Lise Duquette

Conception graphique :
Elastik

Dépôt légal, 1ᵉʳ trimestre 2005
Bibliothèque nationale du Québec

La courte échelle reconnaît l'aide financière du gouvernement du Canada par l'entremise
du Programme d'aide au développement de l'industrie de l'édition pour ses activités d'édition.
La courte échelle est aussi inscrite au programme de subvention globale du Conseil des Arts
du Canada et reçoit l'appui du gouvernement du Québec par l'intermédiaire de la SODEC.

La courte échelle bénéficie également du Programme de crédit d'impôt pour l'édition de livres
— Gestion SODEC — du gouvernement du Québec.

Données de catalogage avant publication (Canada)

Paquet, Julie

　　　Cléo Clic Clic au Vietnam

　　　ISBN 2-89021-733-7

　　　1. Vietnam - Romans, nouvelles, etc. pour la jeunesse. I. Guénette, Geneviève. II. Titre.

PS8631.A68C53 2005　　　jC843'.6　　　C2004-941306-6
PS9631.A68C53 2005

Imprimé en Chine

Qui est Cléo Clic Clic ?

Cléo Clic Clic est une fillette exceptionnelle. Ses parents l'ont adoptée au Vietnam quand elle était un tout petit bébé. Dans son berceau, ils ont trouvé une tortue qu'ils ont appelée Colin et un vieil appareil photo aux allures énigmatiques.

Au fil des années, Cléo et sa tortue ont appris à communiquer ensemble, dans un langage secret. C'est ainsi que Colin a pu expliquer le pouvoir magique de l'appareil photo à sa maîtresse… un appareil extra-ordinaire permettant de voyager partout dans le monde lorsqu'on sait l'utiliser.

Depuis quelque temps déjà, Cléo s'amuse à parcourir la planète en compagnie de Colin. Grande curieuse, elle adore découvrir la vie des jeunes de son âge de différents pays. Ses nouveaux amis prennent plaisir à lui expliquer leurs coutumes, leurs jeux, leurs particularités. À chaque voyage, Cléo revient comblée et avec des dizaines de photos à ajouter au babillard de sa chambre.

Ses parents ne savent pas d'où viennent ces photos… Ils se doutent bien de quelque chose, mais qui pourrait vraiment croire à l'existence d'un appareil photo magique ? Surtout que Cléo a le don de toujours réapparaître au bon moment !

Par un dimanche glacial de décembre, Cléo Clic Clic s'est réfugiée dans le confort de sa chambre. Elle navigue sur Internet à la recherche d'histoires palpitantes sur les tortues.

— Tiens, tiens ! lance-t-elle à Colin, sa tortue. Il existe une légende, au Vietnam, qui raconte qu'une tortue d'or géante, messagère du dieu des profondeurs, serait sortie d'un lac pour récupérer l'épée magique de son maître. On dit que, grâce à cette arme, le roi Lê Loi a pu libérer son pays des envahisseurs chinois. Cette légende expliquerait le nom donné au lac Hoan Kiem, au cœur de la ville d'Hanoi, le lac de l'« épée *restituée** ».

Cléo regarde Colin d'un air songeur.

—Colin, tu es peut-être un descendant de la légendaire tortue d'or ? Et si nous faisions un voyage au Vietnam sur les traces de nos *ancêtres** respectifs ?

Impatiente de découvrir son pays natal, Cléo court chercher son appareil photo magique. Après avoir installé Colin dans son capuchon, elle tourne l'objectif vers eux, appuie sur le déclencheur et FLASHHHH! les deux amis sont propulsés à l'autre bout du monde.

Il est 6 h 30 du matin à Hanoi, la capitale du Vietnam. Cléo apparaît dans une allée où sont attablées plusieurs personnes. «Bizarre, un pique-nique dans la ruelle», se dit Cléo. Clic! Clic!

La fillette s'approche de la table et se présente. La grand-mère l'accueille comme si elle était un membre de la famille. Elle tend un bol de nouilles fumantes et des baguettes à la voyageuse.

— De la soupe le matin? questionne Cléo, étonnée.

— Le *pho** est une soupe aux vermicelles de riz très nourrissante. Allez, goûte, insiste son hôtesse.

Cléo jette un coup d'œil dans le bol. Quelle n'est pas sa surprise d'y voir flotter de petits bonbons rougeâtres en forme d'étoile.

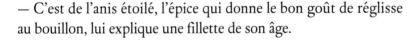

— C'est de l'anis étoilé, l'épice qui donne le bon goût de réglisse au bouillon, lui explique une fillette de son âge.

Cléo se décide enfin à manger.

— C'est délicieux! lance la gourmande.

Le repas terminé, Cléo remercie la grand-mère, puis elle quitte la table en même temps que les enfants qui partent pour l'école. Elle a encore tout un pays à découvrir! Le pays de ses ancêtres!

À deux pas de là, sur le trottoir, Cléo remarque une marchande qui somnole, accroupie sur ses talons. À ses côtés, Cléo aperçoit des paniers remplis de poussins jaunes. Clic! Clic! Leurs piaillements aigus lui chatouillent les oreilles. Des centaines de minuscules paires d'yeux et de becs s'ouvrent et se referment à la vitesse de l'éclair. Cléo ne peut résister à la tentation de prendre un petit oiseau. Le volatile au doux duvet se blottit dans le creux de sa main. Elle lui parle doucement, quand la marchande se réveille en sursaut.

— Ce ne sont pas des joujoux! hurle celle-ci en gesticulant.

La dame n'apprécie guère qu'on tripote ses poussins. L'oisillon jette un regard désespéré vers Cléo. « Je t'en supplie, je ne veux pas finir mes jours en poulet rôti! » semble-t-il l'implorer. « Le pauvre! » pense Cléo en le déposant à regret dans le panier.

En poursuivant leur chemin, Cléo et Colin débouchent sur une grande artère. La rue déborde d'activité. Une cacophonie de klaxons d'auto, de clochettes de bicyclette et de pétarades de mobylette. Clic! Clic! Mais quel est cet étrange véhicule mi-vélo mi-calèche qui s'arrête devant elle?

— Je peux te déposer quelque part avec mon *xe xich lô**? lui demande le conducteur du *cyclo-pousse** devant l'air perdu de la jeune fille.

— Emmenez-nous au lac Hoan Kiem, si vous le voulez bien, lui dit Cléo. Qui sait, Colin, peut-être allons-nous retrouver tes ancêtres!

Le jeune homme commence à pédaler, prend de la vitesse. C'est bientôt la course folle dans les rues. Ici, il évite de justesse une moto, là, un piéton téméraire qui traverse la rue. C'est alors que le conducteur effectue un virage en épingle à cheveux. Cléo s'agrippe pour ne pas être éjectée du cyclo-pousse. Colin, lui, voltige dans les airs… Cléo l'attrape à la volée, se rassoit en suppliant le conducteur de s'arrêter. Ils continueront à pied.

Cléo n'a fait que quelques pas quand elle entend : « Ki-yah !
ki-yah ! » Ce cri propre aux arts martiaux lui est très familier.
Ceinture noire de karaté, la petite Vietnamienne bondit en
position de défense. Jambes écartées, poings serrés à la hauteur
de ses yeux, elle est concentrée, prête à toute attaque.

— Fausse alerte ! l'informe Colin.

Ce n'est qu'une vieille dame qui décor-
tique une noix de coco. Elle accompagne
chaque coup de machette d'un cri
aigu. Clic ! Clic !

Amusée par la réaction de Cléo,
la dame lui présente le coco comme
un trophée. Sur le dessus du fruit,
deux petits trous lui permettent
de glisser des pailles. « Drôle
de verre », pense Cléo tout en
savourant le lait de coco.

Cléo poursuit sa traversée de la ville d'Hanoi. Elle remarque que la pauvreté y est omniprésente : des maisons délabrées, des vélos en piètre état. Tout à coup, son regard de photoreporter s'accroche à une scène de rue plutôt bizarre. Clic! Clic! Au beau milieu du trottoir, des fauteuils de coiffeur. Cléo ne peut s'empêcher d'observer le coiffeur barbier dans ses moindres gestes. L'homme est penché sur son client et lui enfonce délicatement une longue tige dans l'oreille.

— Que faites-vous? s'informe la curieuse.

— Tu vois bien, je lui nettoie les oreilles! répond l'homme en retirant la tige jaunie par le *cérumen**. Je suis le coiffeur barbier le plus performant d'Hanoi. J'ai rasé à ce jour 5 735 barbes, nettoyé 2 523 paires d'oreilles et épilé 1 741 poils de nez. Le hasard veut que tu sois mon dix millième client et ma première cliente. Je t'offre donc un nettoyage d'oreilles gratuit.

— Non merci, ce sera pour une autre fois, dit poliment Cléo en prenant la *poudre d'escampette**.

Plus loin sur le chemin, des centaines de Vietnamiens font la queue devant des cantines ambulantes. Ces petites charrettes remplies de nourriture offrent différentes spécialités du pays : *nems**, rouleaux de printemps, bols de nouilles. Affamée, Cléo s'achète des gâteaux de riz enrobés d'une feuille de bananier.

Voilà enfin un panneau qui annonce le lac Hoan Kiem. Cléo et Colin pénètrent dans un grand parc ver-doyant. Ici règne la paix. Clic ! Clic ! Quel contraste avec le brouhaha des rues ! Là, une jeune fille lit paisiblement. Plus loin, de vieilles femmes pratiquent une gymnastique lente et gracieuse venue de Chine, le *taï chi**.

Après avoir fait quelques pas, Cléo se retrouve devant le fameux lac. En bordure de l'eau trône un rocher qu'elle prend pour la carapace de la tortue d'or de la légende… Elle s'assoit sur un banc, toute tourneboulée. « Ce lac dégage quelque chose de surnaturel, de mystérieux », songe-t-elle.

Colin propose à Cléo de se rendre à la baie d'Along, située à l'est d'Hanoi. FLASHHHH! En un éclair, les deux amis se retrouvent sur une minuscule île encerclée par un *chapelet** d'îles. L'appareil photo magique les fait parfois atterrir dans des endroits peu confortables… Cléo est habituée. En cet instant, elle se prend pour Robinson Crusoé.

— Regarde, Colin, le drôle de bateau! Ohé! ohé! matelot! s'égosille-t-elle en faisant de grands signes de la main. Clic! Clic!

Un jeune *mousse** l'aperçoit et décide de la faire monter à bord. Les présentations faites, Van Hoan lui explique que *Ha Long* signifie « là où descendait le dragon ».

— Il y a des milliers d'années, un dragon géant aurait fait exploser la terre d'un simple coup de queue. C'est ainsi qu'auraient été créés ces rochers aux formes multiples… D'ailleurs, plusieurs marins prétendent avoir aperçu le fantôme du dragon géant, ajoute-t-il d'un air mystérieux.

— Un fantôme? répète Cléo, un trémolo dans la voix.

Van Hoan éclate de rire. Cléo vient de dire « maman » au lieu de « fantôme ». En vietnamien, le mot « *ma* » prononcé sur différents tons signifie aussi bien maman, fantôme que cheval… « Pas si simple, ma langue natale! » pense la grande voyageuse.

De retour sur la terre ferme, les deux amis décident de visiter la région du *delta** du Mékong dans le sud du Vietnam. C'est là-bas que les parents adoptifs de Cléo sont allés la chercher. Dans cette région, les gens vivent au fil de l'eau sur les berges d'un long fleuve. Même les marchés se déroulent sur l'eau, ce sont des marchés flottants !

FLASHHHH ! Cléo réapparaît au beau milieu d'une *pirogue**. Debout, lui tournant le dos, une Vietnamienne *pagaie** nonchalamment. Cléo toussote pour attirer son attention. Croisant le regard stupéfait de la jeune fille, Cléo déballe d'un souffle le comment et le pourquoi de sa présence. Thi Liên se présente à son tour, puis dépose gentiment son chapeau conique sur la tête de Cléo.

Le *non la** est un chapeau tressé de feuilles de palmier séchées. Il protège à la fois contre la pluie et le soleil. «Je te prête le mien», dit la gentille fille. La pirogue glisse douce-ment sur l'eau. La jeune aventurière admire la nature sauvage. Une maison apparaît dans la végétation. Elle semble flotter sur l'eau. Clic ! Clic !

— C'est une *nhà sàn**, une mai-son sur pilotis. Les pilots qui la soutiennent sont enfoncés au fond de l'eau, l'informe Thi Liên.

Pendant la traversée, Cléo aperçoit deux petites têtes d'enfant qui émergent de l'eau pour disparaître aussitôt. Les croyant en difficulté, elle se jette dans le fleuve pour les secourir. Agile comme un poisson, elle les rejoint à la nage en moins de deux. Les petits tourbillonnent autour d'elle en riant. Ils ne sont pas en danger. Ils s'amusent ! Leur maman, qui les surveille de la berge, les rappelle gentiment à l'ordre :

— Allons, allons, c'est l'heure du bain et non de la baignade ! Approchez-vous que je vous lave, bande de petits singes !

Cléo regagne la pirogue. Ici, point de baignoire, encore moins de mousse pour le bain, constate-t-elle. Clic ! Clic !

— Dans la région du delta du Mékong, explique Thi Liên, nous n'avons pas tous l'eau courante dans les maisons. Nous devons donc nous laver dans le fleuve et faire de même avec la vaisselle et nos vêtements.

Le voyage au pays de ses ancêtres ne serait pas complet sans la visite de l'orphelinat où Cléo a vécu les tout premiers mois de sa vie. FLASHHHH! La directrice de l'orphelinat vient à sa rencontre. Cléo lui raconte la raison de sa visite. Les petits orphelins l'accueillent à bras ouverts. Ils la bombardent de questions sur son pays d'adoption.

Cléo est émue. Elle est consciente que tous n'ont pas eu la chance de trouver des parents et le confort d'une maison familiale. On lui demande son prénom vietnamien. «*Thi Ngoc Huyen*», dit-elle fièrement. La directrice souligne qu'il signifie «*perle noire*», comme ses yeux… Cléo doit maintenant rentrer. Elle dit au revoir à tous ses nouveaux amis. «*Tam biet**», répondent-ils en chœur. Clic! Clic! Cléo s'éclipse.

FLASHHHH! Cléo réapparaît dans sa chambre au moment où sa mère ouvre la porte. La fillette se précipite vers son ordinateur.

— Viens-tu faire les courses avec moi? demande sa mère.

— Oh oui! On pourrait manger des nems et du riz, ce soir! propose Cléo.

— Tu as toujours de bonnes idées, ma puce!

Avant de refermer la porte, Cléo fait un clin d'œil complice à Colin. Si seulement sa mère savait…

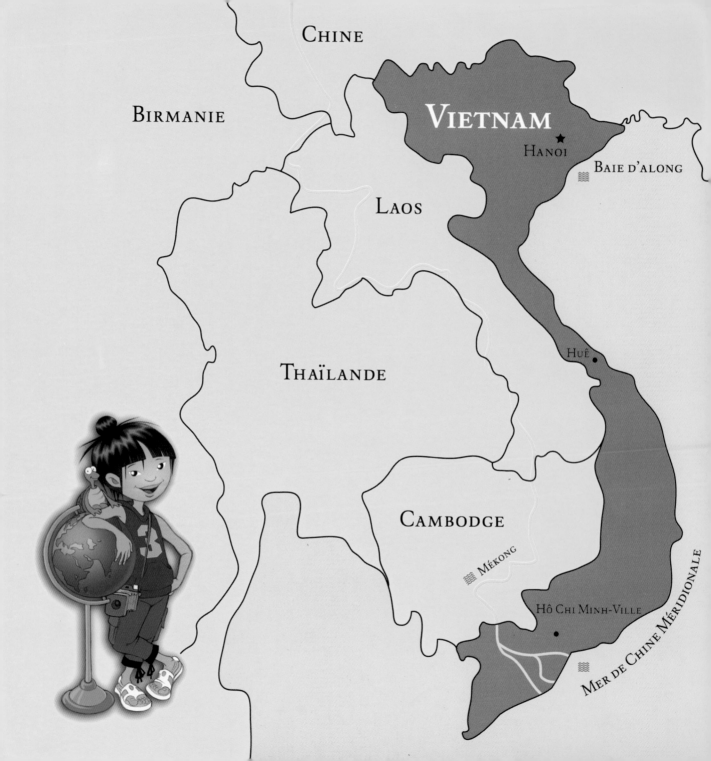

CHINE

BIRMANIE

VIETNAM

HANOI

BAIE D'ALONG

LAOS

THAÏLANDE

HUÊ

CAMBODGE

MÉKONG

HÔ CHI MINH-VILLE

MER DE CHINE MÉRIDIONALE

République socialiste du Vietnam

Forme d'état : Parti unique, communiste

Capitale : Hanoi

Population : 81 314 000 Vietnamiens, dont une minorité sont d'origine chinoise, khmer, muong et autres. Population très jeune, puisque près de 50 % des habitants ont moins de 25 ans.

Superficie : 331 690 km².

Monnaie : Dong.

Saisons : L'été, d'avril à octobre, est la saison chaude et humide des pluies torrentielles que l'on appelle la mousson. L'hiver, la saison sèche, n'existe qu'au nord du Vietnam.

Géographie : Le Vietnam est situé en Asie du Sud-Est. Le pays est en forme de « S ». Au nord, il partage sa frontière avec la Chine.

Religions : Taoïsme, bouddhisme, caodaïsme et christianisme.

Langue : Vietnamien (langue officielle). Le vietnamien est une langue monosyllabique et tonale. Il s'écrit en caractères romains comme le français et l'anglais. Une syllabe peut se décliner en six tons et former six mots différents.

Principales ressources agricoles et naturelles : Riz, thé, café, caoutchouc, charbon, phosphates et pétrole.

As-tu bien observé les photos de Cléo ?

 → *Nhà sàn* ou **maison sur pilotis**

Non la

Noix de coco

Lac Hoan Kiem

La baie d'Along

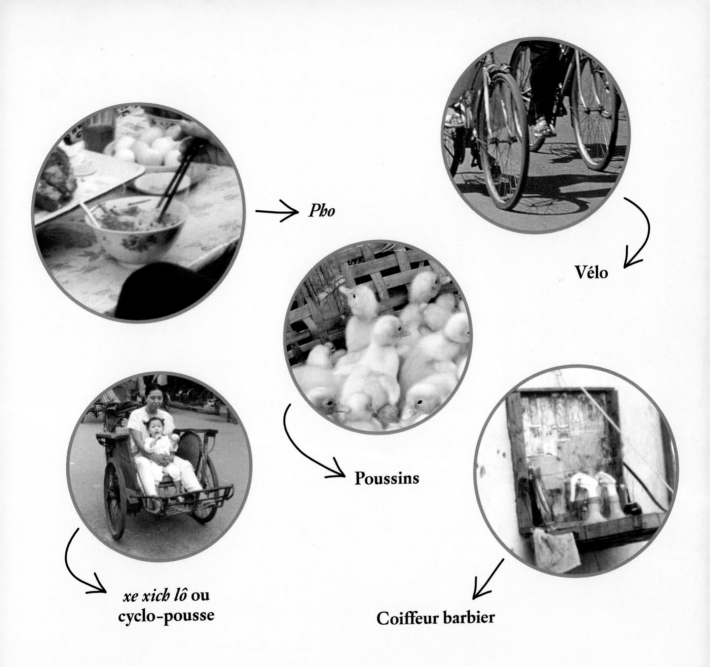

Pho

Vélo

Poussins

xe xich lô ou
cyclo-pousse

Coiffeur barbier

Retrouve dans l'album les fragments de photo et décris ce qu'ils représentent.

Le Vietnam, c'est aussi...

La mobylette
La mobylette est un moyen de transport rapide et pratique de plus en plus utilisé pour véhiculer toute la famille.

Les buffles d'eau
Ces bêtes à cornes labourent champs et rizières. Leur travail terminé, ils deviennent les partenaires de jeu des enfants dans les campagnes.

Le siège de vélo pour enfants
Les Vietnamiens sont ingénieux. Ils fabriquent de petits sièges en bambou pour transporter leurs enfants à vélo.

Les marchés flottants
Ces marchés sur l'eau se trouvent surtout dans la région du delta du Mékong. On y vend toutes sortes de produits alimentaires, surtout très tôt le matin.

La sauce nuoc nam
Sauce à base de petits poissons fermentés, au goût très salé. La sauce nuoc nam est beaucoup utilisée dans la cuisine vietnamienne et sert aussi à relever certains plats.

La palanche
Longue tige de bambou qui permet de porter en équilibre des seaux ou des colis à chaque extrémité.

Le pain baguette
Les Vietnamiens ont appris des Français à faire du pain baguette. On le vend partout dans les marchés et dans la rue.

La pagode
Temple consacré au culte de Bouddha qui vécut il y a 2 500 ans.

La banane verte
Variété de banane au goût plus intense que la banane jaune. Elle se retrouve dans les soupes et les plats de légumes cuisinés.

Lexique

Ancêtre : Personne de ta famille qui vivait il y a très longtemps.

Cérumen : Matière jaune que l'on trouve à l'intérieur de l'oreille.

Chapelet : Suite d'objets semblables.

Conique : Pointu.

Cyclo-pousse (ou *xe xich lô*, en vietnamien) : Moyen de transport à trois roues poussé par un cycliste.

Délabré : Qui est en mauvais état à cause de l'usure.

Delta : Dans la mer, à l'embouchure d'un fleuve par exemple, zone où s'accumulent des dépôts, des sédiments (boue, sable, galets) laissés par le cours d'eau.

Descendant : Personne issue d'un ancêtre.

Dong : Monnaie du Vietnam.

Ma : Fantôme.

Mousse : Jeune apprenti marin.

Nhà sàn : Maison construite sur pilotis.

Nems : Petits rouleaux frits farcis aux légumes ou à la viande.

Non la : Chapeau pointu tressé avec des feuilles de palmier séchées.

Pagaie : Du verbe pagayer, ramer à l'aide d'une pagaie.

Pho : Soupe aux vermicelles de riz.

Piètre : Mauvais.

Pirogue : Bateau long et étroit.

Poudre d'escampette : Détaler, se sauver.

Restituer : Rendre à quelqu'un ce qui lui appartient.

Taï chi : Gymnastique provenant de Chine qui consiste en un enchaînement de mouvements lents.

Tam biet : Au revoir, en vietnamien.

Xe xich lô (ou cyclo-pousse) : Moyen de transport à trois roues poussé par un cycliste.